QUOI DE NEUF SCOOBY-DOO?™

Un premier roman

LE FANTÔME DU MANÈGE

Joy Brewster

Texte français de France Gladu

WORLDWIDE PUBLISHING™

Éditions **■SCHOLASTIC**

L'éditeur tient à remercier tout spécialement Duendes del Sur
pour les illustrations de la page couverture et de l'intérieur.

Copyright © Éditions Scholastic, 2005, pour le texte français.
Tous droits réservés.

ISBN 0-439-95847-4
Titre original : The Roller Ghoster

Conception graphique de Maria Stasavage

Édition publiée par les Éditions Scholastic,
175 Hillmount Road, Markham (Ontario) L6C 1Z7

5 4 3 2 1   Imprimé au Canada   05 06 07 08

Chapitre 1

— Ouaaaah! crient Sammy et Scooby.

Ils sont installés sur la banquette arrière de la Machine à mystères et Sammy est plongé dans un jeu vidéo.

— Ce jeu de montagnes russes… c'est comme si on y était! dit-il.

— Un véritable cadeau du ciel, ce jeu, dit Fred à Daphné et Véra. Grâce à lui, Sammy a pu remporter le concours de création du manège le plus original. Et nous avons obtenu des billets pour le parc des Manèges fous!

— Ouais, mais le plus important, avec

e prix, c'est qu'il va me permettre de faire la connaissance de Claude et Dominique, dit Sammy.

— Qui sont-ils? demande Véra.

— Claude et Dominique! s'exclame Sammy. Ce sont eux qui ont conçu le parc!

La Machine à mystères franchit les portes du parc d'amusement. Sammy et Scooby regardent avec curiosité par la fenêtre.

— Là, ça doit être la Fronde géante! s'écrie Sammy.

Le manège ressemble à un bungee gigantesque. Plus loin, des enfants en tenue de parachutisme attendent leur tour. Ils se préparent à monter dans le Vol planant.

— Ça, c'est du sport extrême à la puissance 3! dit Sammy.

La Machine à mystères se gare dans le stationnement et les amis en descendent.

Un peu plus loin, deux jeunes femmes les attendent.

— Bienvenue aux Manèges fous! dit l'une d'elles.

Sa chevelure brune se soulève pendant qu'elle court vers eux.

— Sammy, n'est-ce pas? dit-elle. Et ce sont sans doute tes camarades.

L'autre jeune femme s'avance sans se presser. Elle ressemble à la première, mais elle a des mèches vertes.

— Félicitations au gagnant du concours de création du manège le plus original, dit-elle d'une voix morne.

— Nous construisons ton manège ici même, dans le parc, dit la première femme. Tu aimerais le voir?

— Quand allez-vous nous présenter Claude et Dominique? demande Sammy. Ces deux gars sont mes héros.

La jeune femme aux cheveux verts prend la parole :

— Claude, c'est moi, dit-elle. Et voici ma sœur Dominique.

— R'ah? dit Scooby.

— Tu veux dire que vous êtes des filles, les gars! s'étonne Sammy.

— C'est génial! dit Daphné.

— Ces laissez-passer vous donnent accès à tous les manèges du parc, dit Dominique. Et au coin des restaurants, aussi.

Ces mots sont doux à l'oreille de Sammy :

— De la nourriture gratuite! Super!

Scooby se frotte le ventre en ricanant. Dominique prend le bras de Sammy.

— Allons voir ton manège, dit-elle. Il est presque terminé.

— Scooby et moi vous rejoignons tout à l'heure, les amis! lance Sammy au reste de la bande.

Chapitre 2

— ...Et voici le coin des restaurants,
dit Dominique à Sammy et Scooby.

Les deux amis saisissent un plateau.

Dominique se tourne vers Sammy :

— Comment t'est venue l'idée de
combiner montagnes russes et casse-
croûte? demande-t-elle.

Sammy prend un hot-dog :

— Je ne sais pas. Comme ça!

— Eh bien, le Bouffe et brasse va faire
fureur! dit Dominique en riant. Il est
aussi chouette que les manèges que nous
inventons, ma sœur et moi!

— Si tu le dis! grogne Claude.

— Claude a toutes les idées, ajoute Dominique. Moi, je m'occupe seulement de construire.

Scooby et Sammy s'emparent en même temps d'un gros sous-marin, rempli de boulettes de viande. Chacun tire de son côté.

— On entre dans le manège en passant par le casse-croûte, précise Dominique.

Elle pointe du doigt la partie la plus élevée des montagnes russes :

— Là-haut, c'est le Pic de la pizza!

Sammy et Scooby n'ont rien entendu de ses explications. Ils sont toujours occupés à tirer sur le sous-marin. Finalement, Scooby lâche prise. *Crac!* Sammy tombe à la renverse sur une table.

— Ça va, dit-il. J'ai rescapé le sous-marin.

Mais Scooby s'approche et engloutit le sous-marin d'une bouchée.

— Hé! s'indigne Sammy.

— R'iam! dit Scooby en se léchant les babines.

Claude et Dominique se regardent d'un air découragé.

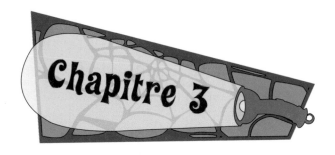

Chapitre 3

— J'ai hâte de faire du parachutisme!
dit Fred, qui s'apprête à essayer le Vol
planant avec Daphné et Véra.

— Mais pourquoi est-ce qu'il faut être
grand comme ça pour entrer dans le
manège? s'écrie un petit garçon.

Sur son sac à dos, un prénom est
inscrit : Maxime.

— Ce n'est pas moi qui fais le
règlement, fiston, dit le receveur de
billets. Désolé!

— Ce n'est pas juste! pleurniche
Maxime en s'éloignant.

C'est bientôt au tour de Fred, Véra et Daphné. Ils enfilent chacun une combinaison verte et mauve.

— Alors? Que va-t-il se passer, maintenant? demande Daphné.

Fred sourit :

— Tu vas voir…

Ils pénètrent dans une grande salle ronde. Un filet d'acier forme le plancher. Tout à coup, un immense ventilateur installé sous le filet se met à tourner de plus en plus vite.

— Hé! crie Véra.

Le vent devient si puissant, qu'il souffle Daphné, Véra et Fred dans les airs. Les trois amis volent comme des parachutistes.

— Wou-hou! crient-ils.

Ils se prennent les mains et forment un grand cercle.

À l'extérieur du manège, le receveur de billets se tient aux commandes.

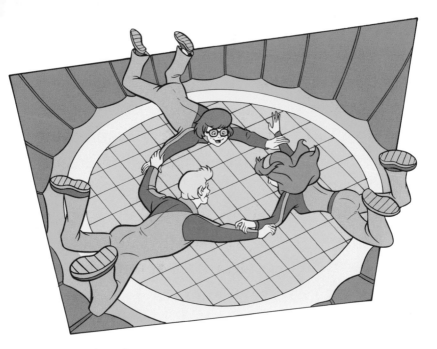

Il semble s'ennuyer.

Soudain, il entend un grognement effrayant qui semble venu de nulle part.

— Grrrrrrrrr!

Un monstre horrible apparaît! Il a d'énormes cornes; ses bras et ses jambes gigantesques sont recouverts d'une fourrure verte. Il rugit de nouveau :

— Grrrrrrr!

— C'est le fantôme du manège! crie le receveur de billets. Il existe vraiment!

Le receveur de billets s'enfuit aussi vite qu'il le peut.

De ses griffes pointues, le fantôme du manège frappe le panneau de commande du Vol planant. Des étincelles jaillissent de partout.

À l'intérieur, Véra se rend compte que quelque chose ne va pas. Le plancher disparaît. Plus rien ne les sépare des pales du ventilateur géant.

— Sapristi! Regardez! dit-elle. Il n'y a plus de filet!

— Ce n'est pas tout! hurle Daphné. Le ventilateur ralentit!

Les pales du ventilateur tournent de moins en moins vite. Il n'y a plus suffisamment de vent pour maintenir Véra, Fred et Daphné dans les airs. Ils dégringolent!

Chapitre 4

— Aaaaaaaaaahhhh! crient les trois amis.

Véra a une idée.

— Il faut coincer le ventilateur! dit-elle.

— Mais comment? hurle Fred.

— Moi, je sais! crie Daphné.

Elle ôte sa ceinture et la jette dans le ventilateur. La ceinture s'enroule autour des pales et le ventilateur finit par s'arrêter.

Daphné, Fred et Véra tombent entre les pales. *Boum!* Ils atterrissent sur le sol sans trop de douleur.

Fred se frotte le front.

— Bien joué, Daphné, dit-il.

Juste à ce moment, la porte s'ouvre et un homme se précipite dans la salle.

— Vous n'avez rien de cassé, les jeunes? demande-t-il.

— Non, dit Fred. Mais le manège est tombé en panne!

L'homme secoue la tête :

— Ne me dites pas que c'est arrivé encore une fois!

Fred, Daphné et Véra suivent l'homme hors du manège et se dirigent avec lui à l'entrée du Vol planant, où ce dernier fixe un écriteau indiquant que le manège est fermé.

— Au fait, appelez-moi Sam, dit l'homme. Je suis le technicien de sécurité. Quand un manège ne fonctionne pas correctement, je m'occupe de le fermer.

— Est-ce que vous en avez fermé

plusieurs, dernièrement? demande Véra.

— Oh oui! dit Sam. Depuis que ce fantôme rôde par ici.

Daphné en a le souffle coupé.

— Un fantôme? dit-elle.

— Les gens l'appellent le fantôme du manège, explique Sam.

Véra jette un coup d'œil sur le panneau de commande. Des touffes de fourrure verte y sont restées accrochées.

— J'ignore qui a fait ça, dit-elle, mais ce n'était pas un fantôme!

— De toute façon, je n'ai jamais aimé ces nouveaux manèges à la mode, dit Sam. Le bungee, le parachutisme? Trop dangereux, tout ça! Moi, je préférais les anciens manèges.

Fred se tourne vers Daphné et Véra.

— Eh bien, les filles! On dirait que nous nous trouvons devant un mystère à résoudre! Séparons-nous. Véra, va voir si Claude et Dominique savent quelque chose au sujet du fantôme du manège.

Daphné fait un signe affirmatif.

— Bonne idée! Pendant ce temps, Fred et moi allons examiner d'un peu plus près certains de ces manèges.

— Les jeunes, il se passe des choses étranges, ici, dit Sam. Si vous ne faites pas attention, votre prochain tour de manège pourrait bien être le dernier!

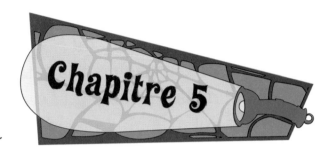

Chapitre 5

— Dominique? Claude? appelle
Sammy. Vous êtes là?

En visitant le parc, Sammy et Scooby
ont perdu de vue les deux sœurs.

— On dirait qu'elles nous ont oubliés,
dit Sammy. Tu veux faire quelques tours
de manège en attendant qu'elles nous
retrouvent, Scooby?

— R'accord! dit Scooby.

— Tiens, essayons celui-ci! dit Sammy
en pointant du doigt la Fronde géante.

Scooby regarde la haute tour. Elle se
termine par une grosse boule de métal,

17

dans laquelle peuvent s'asseoir deux personnes. Un long câble relie la tour et la boule de métal.

— R'ooooh noooon! dit Scooby en secouant nerveusement la tête.

— Comment, trop petit? crie une voix.

C'est celle de Maxime, le jeune garçon du Vol planant.

— Désolé, mon gars, dit le receveur de billets.

— Désolé? Vous allez l'être pour de vrai, je vous le promets! lance Maxime avant de disparaître.

Scooby croit avoir trouvé une occasion de s'enfuir. Il part à la suite de Maxime. Mais Sammy l'attrape par le collier.

— Où vas-tu comme ça, Scooby? Le manège est de ce côté.

Scooby baisse la tête. Il se met à claquer des dents.

— Tu n'as rien à craindre, voyons, dit Sammy en faisant entrer Scooby dans la

boule de métal.

Bang! La porte se referme derrière eux. Une voix sort d'un haut-parleur :

— Trois… deux… un… Et la Fronde géante est partie!

La boule se détache de la tour et descend en chute libre. Le câble se tend de plus en plus, mais la boule ralentit. Elle s'arrête juste avant de toucher le sol.

— Tu vois, Scooby, dit Sammy avec un sourire, ce n'était pas…

Mais le câble, tendu au maximum, relance alors la boule de métal dans les airs.

— ...si maaaaaaal! crie Sammy.

La boule remonte encore plus haut que la tour. Mais soudain, le câble craque. La boule est projetée au-dessus du parc d'amusement et fait un bond sur le Vol planant. *Boing!*

— Au secours! hurlent Sammy et Scooby.

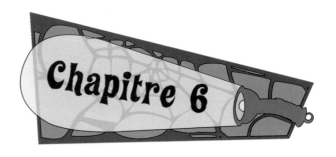

Chapitre 6

De l'autre côté du parc, Véra frappe à
la porte du bureau des deux sœurs.

— Il y a quelqu'un?

Pas de réponse. Elle décide d'entrer.
Dans la pièce se trouvent deux tables de
travail disposées le long de murs opposés.

— Dominique? Claude? Vous êtes là?
demande Véra.

Sur l'une des tables se trouve une
brosse à cheveux. Des cheveux verts y
sont coincés. La voix de Dominique se fait
entendre :

— Véra?

—Ah, enfin, te voilà! dit Véra. Je te cherchais.

—Qu'est-ce qu'il y a? demande Dominique.

—Il y a que l'un de vos manèges nous a presque réduits en bouillie, mes amis et moi, explique Véra.

—Oh, non! s'écrie Dominique. Encore ce fantôme du manège?

Un homme entre brusquement dans le bureau, une caméra vidéo à la main. Claude se trouve juste derrière lui. Elle

semble furieuse. L'homme se met à
filmer.

— Ici Henri Henriot, journaliste,
commence-t-il. Je me trouve au parc des
Manèges fous et je discute avec Claude
des rumeurs selon lesquelles le parc
serait hanté.

Claude est en colère.

— Combien de fois faudra-t-il que je
vous le dise? hurle-t-elle. Il n'est PAS
hanté!

Henri se tourne vers Dominique :

— Et vous? Comment expliquez-vous
tous les accidents? lui demande-t-il.

— Nous sommes absolument désolées,
dit Dominique. Nous faisons l'impossible
pour éliminer tout risque d'accident dans
les manèges.

Pendant ce temps, dans le parc, la
grosse boule de métal continue de rouler.
Scooby et Sammy se trouvent toujours
emprisonnés à l'intérieur!

— Continue de courir, Scooby! crie
Sammy.

Scooby et Sammy essaient de ralentir
la boule géante en courant dans la
direction opposée. Mais peine perdue,
elle roule toujours plus vite. Et elle fonce
tout droit vers une falaise!

C'est alors que Sammy a une idée.

— Tu crois qu'un Scooby Snax pourrait
t'aider à accélérer?

— R'ouais, r'ouais, r'ouais! dit Scooby.

Sammy sort un Scooby Snax de sa
poche et tient le biscuit devant le museau

de Scooby. Plus Scooby accélère sa course pour attraper le biscuit, plus la boule ralentit. Elle s'arrête enfin, juste au bord de la falaise. Sammy sort un second biscuit.

— Que dirais-tu de DEUX Scooby Snax?

Scooby ouvre des yeux aussi grands que des soucoupes. Il se met à courir encore plus rapidement. La boule s'éloigne de la falaise à la vitesse de l'éclair. Elle fonce sur un arbre et s'ouvre. Sammy et Scooby sont enfin libres!

Daphné et Fred courent les rejoindre.

— Que vous est-il arrivé, les amis? demande Daphné.

Encore tout étourdi, Sammy ne parvient à articuler qu'un seul mot :

— Monstre!

— Vous avez vu le fantôme du manège? demande Daphné. Où était-il?

— Parti maintenant, dit Sammy,

toujours étourdi.

— Ça ne fait rien, dit Fred. Nous allons le rattraper. Mais Daphné ne l'entend pas. Elle a les yeux fixés sur la Fusée filante.

— Regardez! s'écrie-t-elle. Ce sont les montagnes russes les plus rapides au monde!

Elle saisit le bras de Fred et l'entraîne vers le manège.

— Allons-y! dit-elle.

Les amis font la queue à la Fusée filante. Maxime s'y trouve, lui aussi. Il crie au receveur de billets :

— Pourquoi? Pourquoi? Pourquoi?

— Tu es trop petit, mon gars, dit le receveur de billets.

Maxime est vraiment hors de lui.

— Je vais me venger, dit-il. Vous allez voir!

Juste au moment où tous s'entassent dans la Fusée filante, Véra arrive à la hâte.

— Attendez! dit-elle. Je pense que quelqu'un a trafiqué les manèges!

— C'est précisément là-dessus que nous comptons, explique Fred. Nous allons attraper le fantôme!

— Mais… commence Véra.

La porte se referme derrière elle. Une fusée s'enflamme à l'arrière de la voiture dans laquelle les amis ont pris place.

Celle-ci file comme une flèche, dans un nuage de fumée.

— Hé, regardez! s'écrie Sammy en pointant du doigt vers l'extérieur.

Devant eux, sur les rails, se trouve le fantôme du manège. Une clé anglaise à la main, il retire des pièces!

— R'oh, r'oh! aboie Scooby.

Trop tard! Il n'y a plus rien à faire! La Fusée filante quitte les rails et monte dans les airs!

— Au secours! crient les amis.

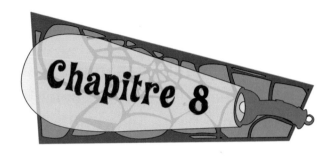

Chapitre 8

La Fusée filante poursuit sa trajectoire et se dirige vers le lac. La bande se prépare à un grand plongeon. Mais la fusée touche l'eau, fait quelques bonds, puis s'arrête finalement près de la rive.

Fred enfonce les portes et tous s'échappent à la nage. Claude et Dominique les attendent au bord de l'eau. Henri se tient juste derrière elles.

— Est-ce que ça va? demande Dominique.

— Ma Fusée filante! se lamente

Claude. Elle est détruite!

— Nouvelle de dernière heure! fait Henri en filmant. Le fantôme du manège a encore frappé!

Véra cherche des indices.

— Regardez ce que je viens de trouver! s'exclame-t-elle en brandissant une clé anglaise.

— On aura tout vu! lance Henri. Pourquoi ce fantôme utilise-t-il une clé anglaise?

— Parce qu'il lui manque des boulons! plaisante Sammy.

Claude saisit la clé anglaise.

— Rends-moi cette clé! dit-elle. C'est la mienne!

Tous les regards se tournent vers elle.

— Je n'ai rien fait, voyons, tente-t-elle d'expliquer. Cette clé est à moi, un point c'est tout!

— Il me vient une idée, dit Véra lentement. Vous savez, ce bout de fourrure verte que j'ai trouvé? Il indique quelque chose de très important.

— Qu'est-ce qu'il indique? demande Fred.

Daphné examine la fourrure de plus près :

— Très simple! Cette fourrure est fausse.

— Ce qui prouve que le fantôme du manège est en fait une personne vêtue d'un déguisement! conclut Véra.

— Une personne comme Henri, peut-être? suppose Claude.

— J'ai besoin de preuves, dit Véra. Si nous passions jeter un coup d'œil aux manèges défectueux? Où se trouve l'atelier de réparation, Claude?

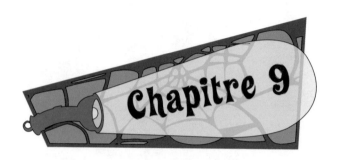

Chapitre 9

La bande pénètre dans un vaste
entrepôt, rempli de vieux manèges
attendant d'être réparés. Sam travaille
à remettre en état une immense tente
gonflable bondissante.

— Sam? dit Véra.

— Regardez, dit Sam. Celui-là, c'était
un beau manège. Il amusait beaucoup
les enfants. Et il était sans danger, si
on l'utilisait correctement.

Il secoue la tête tristement :

— On n'en fait plus, aujourd'hui, des
manèges comme ceux-là.

Fred s'avance :

— C'est ce qui vous a poussé à agir, n'est-ce pas?

Sam semble surpris.

— À agir? dit-il.

— Vous détestez les nouveaux manèges, dit Fred. Il serait facile, pour vous, de les endommager.

Véra fait un signe de tête négatif.

— Ce n'est pas lui, Fred, dit-elle. Et puis, les manèges ne sont pas vraiment défectueux. Ils ont seulement l'air d'être brisés. Pas vrai, Sam?

— C'est exact! dit Sam. Ils semblent défectueux, mais quand je viens les réparer, je constate qu'ils sont sans danger.

— Voilà! s'exclame Véra. Cela signifie que ma théorie est probablement juste!

Puis elle se tourne vers le reste de la bande :

— Mais pour en être sûrs, il va falloir prendre le fantôme la main dans le sac!

— Eh bien, j'ai justement un plan! annonce Fred. Mais j'ai besoin de volontaires pour attirer le monstre.

Tous se tournent vers Sammy et Scooby.

— Hé! crie Sammy. Pourquoi est-ce que vous nous regardez comme ça?

Chapitre 10

Sammy et Scooby se promènent tranquillement dans le parc. Claude et Dominique sont dehors, près de leur bureau. Sammy et Scooby font semblant de ne pas les voir, mais Sammy parle suffisamment fort pour être entendu.

— Eh bien, Scooby, le mystère est résolu, on dirait…

L'étape suivante consiste à trouver Henri. Le voilà! Assis à une table, il rajuste sa caméra. Sammy et Scooby font mine de ne pas remarquer sa présence.

— Maintenant que nous savons qui est

le fantôme du manège… dit Sammy à voix haute.

Lorsqu'ils repèrent Maxime et Sam, les deux amis terminent leur numéro.

— Il n'y a plus rien à faire, dit Sammy comme s'il n'y avait personne autour. Je crois qu'on devrait utiliser les téléphones payants, à l'entrée du parc, pour communiquer avec la police.

Sammy fait un clin d'œil à Scooby.

— Génial, comme comédien, hein? chuchote-t-il.

Scooby se contente de lever les yeux au ciel.

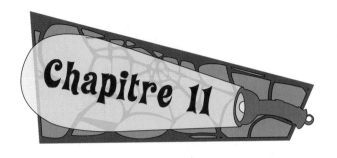

Chapitre 11

Sammy et Scooby attendent près des téléphones payants.

— Ouvre l'œil, Scooby, dit Sammy. Maintenant que le fantôme croit que nous l'avons démasqué, il va nous pourchasser.

— Grrrrrrrrrrrrrrrr!

Le fantôme du manège! Il est juste derrière Scooby!

Scooby et Sammy se mettent à hurler. Ils s'enfuient dans le parc. Le fantôme du manège les poursuit.

Ils atteignent au pas de course le stand

de patins à roues alignées. Fred, Daphné et Véra y sont cachés avec de grands filets. Lorsque le fantôme du manège passe à proximité, ils lancent les filets dans sa direction. Mais le monstre est trop rapide!

— Continue de courir, Scooby! crie Sammy.

Tous deux se dirigent vers l'atelier de planches à roulettes. Lorsqu'ils ressortent par la porte arrière, Sammy roule sur une planche et Scooby a chaussé des patins à roues alignées.

Mais le fantôme se rapproche!

— Sapristi! crie Sammy. Un escalier!

Sa planche à roulettes s'envole et il glisse le long de la rampe.

— R'oh, r'oh! gémit Scooby.

Il s'élance dans les airs… mais atterrit sur ses pattes.

— Grrrrrrrrrrrrrrrr!

Le fantôme du manège est toujours à

leurs trousses. Sammy se dirige alors à droite, vers un gros tuyau situé dans le planchodrome. Mais le tuyau est trop petit pour qu'il puisse y passer. Alors Sammy saute sur le tuyau et laisse rouler sa planche à l'intérieur. Il la rattrape à l'autre extrémité du tuyau.

Scooby le suit. Les pattes écartées, il roule à son tour le long du tuyau.

Vient ensuite le fantôme du manège. Il atteint presque la queue de Scooby… mais il perd l'équilibre sur le tuyau et *patatras!* le voilà par terre!

Chapitre 12

— Ton compte est bon, fantôme du manège! dit Fred. Tu nous as laissé tous les indices dont nous avions besoin. D'abord, tu oublies ta clé anglaise près de la Fusée filante...

— Ensuite, la fourrure verte que nous avons trouvée dans le Vol planant est fausse, ajoute Daphné. Il s'agit plutôt des cheveux d'une perruque verte!

Fred tend le bras vers le masque.

— Ce qui prouve que le fantôme du manège est en fait... Claude!

Il retire le masque, mais surprise! ce

n'est pas Claude qui se trouve derrière.

— Dominique! s'écrient-ils tous.

— Je le savais! s'exclame Véra.

Une fois prévenue, Claude arrive rapidement sur les lieux. Elle est bouleversée.

— Mais pourquoi ma propre sœur m'aurait-elle monté un coup pareil? dit-elle.

— Par jalousie, peut-être? suggère Véra.

— C'est ça! crie Dominique. J'ai toujours fait tout le travail. C'est moi qui ai transformé tous tes dessins bizarres en manèges, mais je n'ai jamais pu en créer un seul!

— Je n'avais jamais vu les choses de cette façon, dit Claude.

— Évidemment! Tu ne vois jamais rien! dit Dominique en colère. D'ailleurs, je t'ai trompée très facilement!

— Trop facilement, dit Véra. C'est ce

qui t'a trahie. La clé anglaise était un indice beaucoup trop évident.

— Oui, et cette histoire de fourrure verte et de cheveux verts! se moque Daphné. Franchement!

— J'ai commencé à comprendre lorsque Sam nous a dit que les manèges défectueux restaient sans danger, explique Véra. Dominique voulait s'assurer que personne ne se blesserait.

— Et pendant que tout le monde aurait soupçonné Claude, Dominique aurait pu diriger le parc à son aise, ajoute Daphné. Et construire tous les manèges qu'elle aurait voulus.

— J'aurais réussi si vous n'étiez pas venus ici vous mêler de cette affaire, bande de trouble-fête! dit Dominique en montrant les poings.

— D'une certaine façon, tu as réussi, dit Véra.

— Véra a raison, dit Fred. Tu n'as rien fait d'illégal.

Maxime, dissimulé derrière les téléphones payants, bondit hors de sa cachette.

— Mais pourquoi est-ce que je n'étais pas un suspect, moi?

— Tu étais trop petit pour porter le costume! répond Véra en riant.

— Ce n'est pas juste! dit Maxime, déçu.

L'air songeur, Sammy regarde Maxime.

— Il y a une chose pour laquelle tu n'es pas trop petit, dit-il.

Quelques minutes plus tard, Sammy, Scooby et Maxime, solidement attachés, attendent le départ du Bouffe et brasse. Le nouveau manège créé par Sammy est enfin terminé.

— Merci, Sammy! dit Maxime.

— Pas de quoi, mon gars! dit Sammy.

La voiture grimpe lentement le long des rails.

— Tiens-toi bien! crie Sammy.

La voiture descend à toute vapeur la Pente de l'œuf au plat. Puis elle s'élance dans la Courbe du clafoutis.

— Aaaahhhhhh! crient Scooby, Sammy et Maxime.

Lorsqu'ils arrivent au Saut du saucisson sec, la voiture s'élève dans les airs. C'est la fin de la piste! Est-ce encore une manigance du fantôme du manège?

— Aaaahhhhhh! hurlent les trois passagers.

Un parachute s'ouvre alors au-dessus

de la voiture. Maxime jette un œil vers le sol et pousse un cri de joie. La voiture va se poser dans un immense bol de crème glacée.

— Hé! s'écrie-t-il. Nous allons atterrir dans une coupe glacée au chocolat fondant!

Une cuillère apparaît soudainement devant chaque passager.

— Pour sortir, il faut se frayer un chemin en mangeant de la crème glacée! explique fièrement Sammy.

Scooby lève sa cuillère :

— R'ooby-dooby-doo!